DIDI KEIDY

y los zapatos mágicos

Texto: Wanda Coven
Ilustraciones: Priscilla Burris

 **Bruño**

Título original: *Heidi Heckelbeck Is Ready to Dance!*,
publicado originalmente en EE UU por Little Simon,
un sello de Simon & Schuster Children's Publishing Division, Nueva York
© Simon & Schuster, Inc., 2013

© Grupo Editorial Bruño, S. L., 2017,
   para la edición en español
   Juan Ignacio Luca de Tena, 15; 28027 Madrid

Dirección Editorial: Isabel Carril
Coordinación Editorial: Begoña Lozano
Edición: María José Guitián
Preimpresión: Francisco González

Traducción: © Begoña Oro Pradera, 2017

ISBN: 978-84-696-2088-5
D. legal: M-6626-2017
Printed in Spain

www.brunolibros.es

ÍNDICE

Capítulo 1

ALGO HORRIBLE

Didi Keidy se sentó en el columpio del arce y entrecruzó las cuerdas hasta que quedaron bien tirantes. Luego levantó los pies y se dejó llevar.

El columpio giró, giró y giró a toda velocidad. Como las ideas en su cabeza.

—¿Te cuento algo horrible? —le preguntó Didi a su hermano mientras las cuerdas se desenredaban.

—Vale —contestó Henry, que estaba sentado en la rama.

Didi respiró hondo.

—De acuerdo, allá va. No hay nada que se me dé bien. No sé bailar. No sé cantar. Ni siquiera sé actuar. ¡No sé hacer nada de nada!

—Pues yo sí —dijo Henry—. A mí se me da muy bien una cosa.

—¿Cuál? —le preguntó Didi.

Henry se puso en pie sobre la rama. Apoyó una mano en el tronco y alzó la otra y gritó:

—¡Actuar!

Didi puso los ojos en blanco.

—¡Anda ya!

—Sé actuar sin hablar —dijo Henry—. ¡Soy un mimo!

—¿De esos que no dicen palabra?

—Ni media.

—¿En serio? Si no
lo veo, no lo creo
—dijo Didi.

—Vale —replicó
Henry, y bajó
del árbol de
un salto—.

Pero necesito un suelo liso.

Didi y Henry fueron a casa corriendo.

Henry se escondió detrás de la puerta
de la cocina.

—¿Preparada? —preguntó Henry.

—Preparada.

Henry entró en la cocina andando hacia atrás, deslizando las puntas de los pies y levantando los talones. Iba con las manos en los bolsillos mientras se deslizaba suavemente. Y movía la cabeza hacia delante y hacia atrás. De repente, clavó un talón en el suelo, se paró en seco y miró a su alrededor. Entonces abrió los ojos como platos, como si hubiera visto algo muy extraño.

«¿Qué estará mirando?», pensó Didi.

Henry se inclinó e hizo como que cogía una flor.

Luego hizo como que la olía. Cogió otra flor, y otra. Cuando tenía un montón de flores imaginarias, fue hacia Didi y le ofreció el ramo.

Didi sonrió y fingió cogerlas.

—Muy guay, hermanito —dijo—. Pero
das asco.

—¿Por qué? —preguntó Henry.
—Porque tú sí que tienes talento y
eres más pequeño que yo.

—Eso es una tontería —comentó Henry.

—Lo mismo digo —terció su madre, que había llegado en mitad de la actuación—. Todo el mundo tiene un talento. Solo tienes que encontrar algo que te guste y practicar, Didi.

—Pero ¿cómo voy a hacer eso? —preguntó Didi—. Solo queda una semana para la actuación del cole. Cada uno tendrá que hacer lo que mejor se le dé. No puedo prepararme en una semana.

—En eso tienes razón —dijo Henry—. Yo llevo meses ensayando.

—¿Lo ves, mamá? —dijo Didi—. Para destacar en algo se necesita tiempo.

—No necesitas más tiempo ni más talento —dijo la mujer, suspirando—. Lo único que necesitas es una buena idea.

—Bueno, vale —dijo Didi—. Me voy
fuera a pensar.

Didi dio un empujón
a la puerta y salió.
En ese momento
su padre entró
en la cocina.

—¿Me he perdido
algo? —preguntó.

Capítulo 2

¡EXCUSAS, EXCUSAS!

Didi se apoyó en el tronco del arce, cruzada de brazos. «¿Cómo es que mi hermano se ha llevado todo el talento de la familia?», se preguntaba. «No es justo». Cogió un palo y empezó a dar golpecitos en el tronco. No se enteró de que sus padres y Henry salían al jardín.

—Tengo algo que te animará —dijo su madre.

Puso en la mesa de pícnic una bandeja en la que había galletas de chocolate caseras, una jarra de leche y cuatro vasos. Didi siguió dando golpecitos al tronco del árbol. Sonaba hueco.

«Igual dentro vive una ardilla», pensó. Didi dejó de dar golpecitos al árbol y deseó vivir dentro de él. «Así no tendría que preocuparme de ese absurdo espectáculo».

—Las galletas aún están calentitas —dijo el padre de Didi para convencerla de que fuera a la mesa.

—Como no vengas pronto, me las voy a comer todas. Las tuyas también —dijo Henry.

Entonces Didi tiró el palo al suelo y gritó:

—¡Eh! ¡Apártate de mis galletas!

—¡Uuuh, qué miedo! —exclamó Henry. Didi se acercó a la mesa, cogió una galleta y le dio un buen mordisco.

«Mmmm». El sabor del chocolate calentito hizo que se sintiera un poco mejor.

—Podríamos ayudarte a encontrar algo que se te dé bien —dijo su madre.

—¡Sí! ¿Por qué no cuentas chistes? —sugirió su padre—. ¡Tú tienes mucha gracia!

—Demasiado arriesgado —dijo Didi—. Podrían acabar tirándome tomates.

—¿Y si pruebas con el *hula hoop?* —dijo su madre.

—Solo sé darle tres vueltas.

—¡Montar en monociclo! —propuso Henry.

—Demasiado raro.

La familia de Didi siguió dando ideas: montar una obra con marionetas, leer poesía, hacer girar un bastón de *majorette* o trucos de magia… Pero Didi tenía una excusa para cada cosa.

—¿Qué van a hacer Lucy y Bruno? —le preguntó su madre.

—Un número cómico —contestó Didi—. Me dijeron que lo hiciera con ellos, pero yo no quise.

—¿Por qué? —le preguntó Henry.

—Porque no se me da bien actuar —respondió Didi—. Sobre todo después de lo que pasó cuando tuve que hacer de manzano en *El mago de Oz**.

—¿Entonces prefieres rendirte antes que probar algunas de nuestras ideas? —quiso saber Henry.

—Más bien sí —dijo Didi.

* Si quieres saber más sobre esta historia, lee *Didi Keidy y el conjuro mágico*, el n.º 2 de la colección DIDI KEIDY.

Capítulo 3

MENUDO NÚMERO

En el comedor, Bruno se sentó al lado de Didi.

—¿Qué? —le preguntó.

—¿Qué qué? —replicó Didi.

—Que si ya sabes qué vas a hacer para tu actuación.

Didi dejó caer la zanahoria que estaba a punto de morder. Pero, antes de que pudiera responder, Ester contestó por ella. Y, como siempre, no fue nada amable.

—¿No te has enterado? Didi no va a actuar porque es un bicho raro y no sabe hacer nada.

Didi se quedó mirando su sándwich de jamón y queso. Le ardían las mejillas.

—Muy graciosa, Ester —dijo Lucy—. Y seguro que tú tienes preparado un número impresionante, claro.

—Por supuesto —dijo Ester—. Voy a hacer una coreografía de claqué que

he creado yo misma. Llevo cuatro años dando clases en la Academia de Danza Estrellas del Baile. Soy buenísima.

Lucy puso los ojos en blanco.

Bruno se quedó boquiabierto.

Y Didi se quedó mirando su sándwich.

—Bueno, hasta luego —dijo finalmente Ester.

Dio la vueltecita que daba siempre y se fue seguida de Stanley. El pobre Stanley tenía que llevar la bandeja de Ester. Antes de irse, dirigió una tímida sonrisa a Didi, pero ella no lo vio porque seguía mirando su sándwich.

—No hagas ni caso a Ester, Didi —comentó Lucy—. En lo único que es buenísima es en chinchar a los demás.

Pero Ester realmente había logrado que Didi se sintiera mal. Ahora se sentía como un auténtico bicho raro.

—Tengo una idea —dijo Bruno—. ¿Por qué no imitas a Ester?

—¿Cómo? ¿Que salga al escenario y haga de Ester?

—Exacto.

Didi sonrió.

—Eso me suena…

—¡Ah, claro! —exclamó Bruno—. ¡Ya te disfrazaste de Ester en Halloween*!

—¿Cómo íbamos a olvidarlo? —dijo Lucy—. Vaya, supongo que ahora no puedes repetir.

---

* Si quieres saber más sobre esta historia, lee *Didi Keidy se disfraza*, el n.º 4 de la colección **DIDI KEIDY**.

—¿Seguro que no quieres hacer el número con nosotros? —le preguntó Bruno.

—Seguro —contestó Didi, suspirando. Pero Didi no estaba segura de nada. Las palabras de Ester habían logrado que se sintiera fatal, peor que nunca. Y ahora tenía que actuar sí o sí, para demostrar que no era un bicho raro, aunque a ella le pareciese que sí lo era. Pero ¿qué podría hacer?

Capítulo 4

¿IGUAL SÍ? ¡IGUAL NO!

—¡Atención todo el mundo! —dijo don Manu, el profesor de Artística—. Hoy cada uno dibujará su casa. Cuantos más detalles tenga el dibujo, mejor. «Qué divertido», pensó Didi. «¿Y si resulta que lo que se me da bien es el dibujo?».

Didi pintó su casa de color verde rana con tejas a cuadros en el tejado. Dibujó un par de rosales a cada lado de la puerta y los salpicó de color rosa.

A Didi le gustaba su dibujo hasta que vio el de Natalie. La casa de Natalie tenía contraventanas y macetas.

Hasta había pintado un porche con mecedoras, una bandera y un perro. «Qué bonito», pensó Didi. «El dibujo de Natalie debería estar en un museo».

Luego Didi volvió a mirar su dibujo. De repente parecía hecho por un niño de dos años.

Lo apartó y pensó: «Parece que el arte no es lo mío. Pero igual podría hacer algo de deporte…».

Didi decidió que se esforzaría al máximo en clase de Educación Física. Salieron al patio y el profesor los dividió en dos grupos para jugar al béisbol con los pies. «Yo creo que esto se me va a dar bien», pensó mientras esperaba.

Poco después, Stanley le lanzó el balón a Didi. Ella fue a darle una patada con todas sus fuerzas, pero le acertó al aire y acabó cayéndose de culo. En un extremo del campo, Ester se echó a reír.

Didi se levantó y volvió a intentarlo. Esta vez consiguió dar al balón, y bien fuerte.

Lo malo es que Stanley lo interceptó.

—¡Fuera! —gritó Ester.

Didi se puso la última de la fila.

El siguiente era Charli Chen. Lanzó la pelota al otro lado de la valla, entre los árboles. Automáticamente se apuntaron un tanto. Charli corrió hacia sus compañeros de equipo y chocó los cinco con ellos.

Didi suspiró. «Por lo visto, también se me da fatal el deporte», pensó.

En la clase de Educación Musical estaban haciendo pruebas para el concierto de Navidad. Tenían que preparar una canción de un musical. A Didi le encantaban los musicales.

—¿Vas a ir a la prueba? —le preguntó Lucy.

—No sé —contestó Didi—. ¿Y tú?

—Yo, seguro.

Didi se rizó un mechón de pelo. «Igual debería probar», pensó. «Puede que lo que se me dé bien sea cantar. Pero ¿y si desafino? ¿Y si me entran ganas de vomitar?».

A Didi le empezaron a sudar las manos solo de pensarlo.

Decidió que primero vería la prueba de algunos de sus compañeros. Lucy se puso delante de la clase y cantó una canción de *Annie.*

—¡Muy bien! —le dijo el señor Jacobs, el profesor de música, cuando se sentó.

La siguiente era Eva.

—Voy a cantar una canción de *Sonri-sas y lágrimas* —anunció.

Cuando acabó, todo el mundo se puso a aplaudir.

—Muy bien, Eva —dijo el señor Jacobs—. ¡Tienes un oído perfecto!

—Eva debería estar actuando en un teatro —susurró Lucy.

Didi asintió y se hundió en la silla. Tras escuchar a Eva había decidido que no haría la prueba de canto. «Ester tiene razón. No valgo para nada», pensó.

Capítulo 5

CORRER EL RIESGO

Al salir del colegio, Didi pasó por casa de la tía Trudi.

La tía estaba preparando un perfume de rosas para su negocio de venta a domicilio.

—¿Qué te pasa? —le preguntó.

—Ester dice que no sé hacer nada.

—¿Y crees que es verdad? —le preguntó la tía Trudi mientras abría una botella.

—Sí.

—Pero ¿qué sabrá Ester lo que se te da bien a ti?

—Yo sí que lo sé: nada.

—Ni hablar.

—Nombra alguna cosa.

—Eres una buena hermana —dijo la tía Trudi.

—Qué va. Todo el rato estoy chinchando a Henry. Otra cosa.

—Cocinas genial. ¿Qué me dices de esas galletas tan ricas que hiciste para el concurso del colegio*?

—Pero si fue un desastre.

---

* Si quieres saber más sobre esta historia, lee *Didi Keidy y el concurso de galletas*, el n.° 3 de la colección DIDI KEIDY.

—Oh, perdón, lo había olvidado. Bueno, seguro que si no hubiese sido por el queso, habrías ganado.

—Otra cosa —dijo Didi.

—Corres muy rápido.

—Eso es verdad. Pero ¿de qué me sirve para la actuación? ¿Qué voy a hacer? ¿Salir al escenario y ponerme a correr?

La tía Trudi se echó a reír.

—Lo tuyo no tiene remedio, Didi.

—Lo sé.

—Mira, no te castigues. A tu edad yo no sabía qué se me daba bien. Tardé un tiempo en descubrirlo. Por otro lado, estoy segura de que lo que tú tienes es miedo escénico, y no falta de talento.

—Yo creo que las dos cosas —dijo Didi—. ¿Cómo voy a subirme al escenario si sé que puedo acabar haciendo el ridículo?

—Es un riesgo que tendrás que correr.

—Puf —dijo Didi.

Pero sabía que la tía Trudi tenía razón. Didi abrazó a su tía y fue hacia la puerta.

—Encontrarás una solución —afirmó la tía Trudi—. Como siempre.

—Ya... Pero ¿cuál?

Capítulo 6

ZAPATOS DE CLAQUÉ

Nada más entrar en casa, Didi oyó un golpe sordo.

¡Pom! ¡Pom! otra vez…

El ruido parecía salir del desván. Didi cerró la puerta principal y corrió escaleras arriba. Abrió la puerta que conducía al desván y miró hacia las vigas.

—¿Hola?

—¿Didi? ¿Eres tú? —preguntó su padre.

—Sí, soy yo —contestó Didi, subiendo las escaleras de dos en dos—. ¿Qué haces ahí arriba?

—Estoy buscando un libro de ciencias que tenía por aquí. Es donde está la fórmula para hacer botellitas de caramelo.

—¿Botellitas de caramelo?

—Sí, son como unas botellitas de gominola que dentro llevan caramelo líquido. Muerdes la punta de arriba y te bebes el caramelo de dentro. De pequeño me encantaban. Quiero darle una vuelta a la idea y volver a sacarlas al mercado.

—Tiene buena pinta —dijo Didi.

En ese momento el padre de Didi sacó un par de zapatos de charol de una caja y se rio.

—¿De quién son?

—De tu madre, de cuando era pequeña. ¿No sabías que era una fantástica bailarina de claqué?

—¿En serio?

—Era la señorita Pies Ligeros —dijo su padre entre risas.

Luego dejó los zapatos sobre el papel de seda de la caja y se la pasó a Didi.

Después siguió buscando en la siguiente caja.

Didi se quedó mirando los zapatos.

Parecían de su número.

Les dio la vuelta y vio que tenían placas metálicas en el talón y en la puntera.

—¡Uauu! —exclamó Didi.

—¡Era toda una artista! ¡Y tú también!

—No, yo no.

—Solo necesitarías unas cuantas clases.

—No creo.

—¿Y si haces un experimento? —sugirió su padre—. Eso se te da genial. Podríamos crear un huracán en una botella vacía.

—No, gracias. Tengo que encontrar algo que se me dé bien A MÍ.

—Pero a ti se te dan bien los experimentos. Yo solo te ayudaría un poquitito.

—No, gracias —dijo Didi.

Entonces su padre sacó de otra caja un libro polvoriento. La tapa era de piel y estaba cuarteada. El título estaba escrito en letras doradas.

—¡Aquí está! —exclamó, y sopló para quitarle el polvo—. ¡Este es el libro que estaba buscando!

El padre de Didi abrazó el libro y luego miró a su hija.

—Piensa en lo del experimento. Un poco de ayuda nunca viene mal.

Papá desapareció escaleras abajo y Didi tapó la caja de zapatos y se la llevó a su cuarto.

«Mmm. Puede que papá tenga razón. Igual lo que necesito es eso, un poco de ayuda», pensó, y a continuación sonrió.

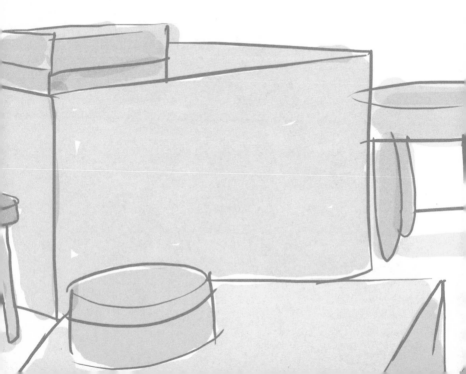

Capítulo 7

CLIC, CLAC

Didi se sentó en un taburete y se quitó las zapatillas. Luego intentó ponerse los zapatos de claqué de su madre. ¡Le quedaban perfectos!

Didi se puso de pie delante del espejo y dio un golpecito en el suelo con la punta.

¡Clic!

Luego con el talón.

¡Clac!

¡Clic! ¡Clac!

«Qué divertido», pensó Didi. Entonces sacó su *Libro de conjuros* de debajo de la cama. Buscó en el apartado de «Baile»: bailes de salón, ballet, *capoeira*, chachachá y…

«¡Claqué!», gritó Didi. Corrió a bus-
car el conjuro para bailar claqué y leyó
las instrucciones.

Para bailar claqué

¿No puedes parar quieta?
¿Eres el tipo de bruja
que anda siempre de
un lado a otro? ¿Llevas
el espectáculo en las
venas? ¡Entonces este
es tu conjuro!

Ingredientes:
1 taza de
zarzaparrilla
3 cucharadas de zumo
de arándanos
1 cucharadita
de azúcar

Mezcla los ingredientes
en un vaso alto. Sujeta
tu medallón de bruja con
una mano. Pon la otra
mano sobre la mezcla y
recita estas palabras:

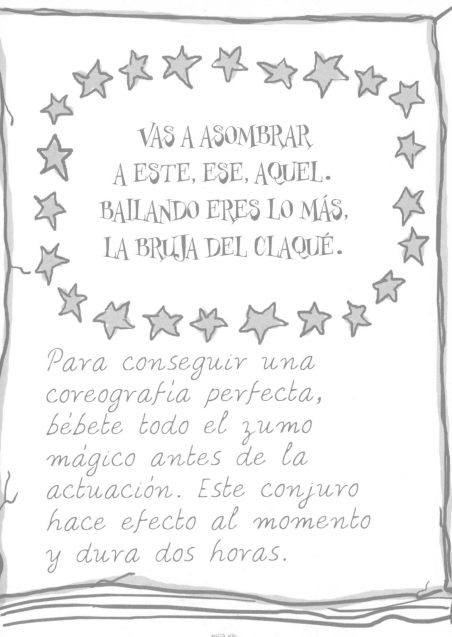

VAS A ASOMBRAR
A ESTE, ESE, AQUEL.
BAILANDO ERES LO MÁS,
LA BRUJA DEL CLAQUÉ.

Para conseguir una coreografía perfecta, bébete todo el zumo mágico antes de la actuación. Este conjuro hace efecto al momento y dura dos horas.

—¡Didi! —la llamó su padre—. ¡A cenar!

Ella volvió a esconder el *Libro de conjuros* bajo la cama y gritó:

—¡Voy!

Se quitó los zapatos de claqué y los dejó de nuevo en la caja. A continuación se puso las zapatillas y sonrió ante el espejo. «¡Voy a petarlo en el escenario!», pensó.

—Tengo tanta hambre que podría co-
merme un caballo —dijo Didi mientras se sentaba a la mesa.

—¿Te apañarías con unos espaguetis
con albóndigas? —le preguntó su padre.

—¡Sí, claro! —contestó Didi, y acercó
el plato para que le sirviera.

—¡Uau! —exclamó Henry—. Pareces contenta. ¿Te pasa algo?

—Pues sí —respondió Didi mientras echaba queso rallado sobre los espaguetis—. ¡Resulta que ya sé qué hacer para el espectáculo!

Henry sorbió un espagueti.

—¿En serio? —terció su madre.

—Sí —dijo Didi.

—¿Qué vas a hacer? —le preguntó Henry.

Didi se lo pensó un segundo antes de contestar. Si decía que iba a bailar claqué, sabrían que sería por arte de magia. Entonces dijo:

—Es una sorpresa. Ya lo veréis.

—Vaya —dijo Henry.

—¡Menudo cambio! Se te ve tan segura… —dijo su madre—. ¿Desde cuándo te has vuelto así?

—Desde hoy, a la vuelta del cole. Es como que hice *clic*.

Su madre levantó una ceja y Didi miró fijamente una albóndiga.

—Bueno, eso está genial —comentó su padre—. No es de extrañar. Somos una familia llena de talento.

Capítulo 8

UNA CAJA DE SORPRESAS

A la mañana siguiente, antes de entrar en clase, Didi pasó por el despacho del director.

—Ah, hola, Didi —dijo el hombre—. ¿En qué puedo ayudarte?

—Esto… Quiero participar en el espectáculo.

—Estupendo —dijo el director—. ¿Qué quieres hacer?

—Bailar.

—¿Algún tipo de baile en especial?

—No. Un baile normal y corriente.

—No sabía que bailaras…

—Es un talento secreto.

—Mmm… Ya veo —dijo el director mirando a Didi a los ojos, y añadió sonriendo—: Eres una caja de sorpresas.

Didi soltó una risita nerviosa. A veces tenía la sensación de que el director sabía que era diferente. «Pero es im-

posible que sepa que soy una bruja,
¿no?», pensó.

Ese mismo día, a última hora, apareció en el tablón de anuncios la lista de los que iban a actuar.

—¡Didi, te has apuntado! —exclamó Lucy—. ¿Por qué no nos has dicho nada?

—Quería que fuera una sorpresa.

—No es que sea una sorpresa —dijo Lucy—. ¡Es ALUCINANTE!

—No es para tanto —replicó Didi.

—Pero ¿qué dices? —se extrañó Bruno—. ¡Hace poco decías que no se te daba bien nada!

—Bueno, he cambiado de idea —dijo Didi—. Voy a bailar.

—Genial —dijo Lucy—. ¿Y qué tipo de baile vas a hacer?

—Es un secreto —contestó Didi.

—No es ningún secreto —dijo Ester entonces—. ¡Los bichos raros no saben bailar!

Y se echó a reír.

Didi se cruzó de brazos. Esta vez iba a hacer frente a Ester. Desde que había encontrado el conjuro de claqué, se sentía mucho más segura.

—Ríe todo lo que quieras, Ester. Que quien ríe el último, ríe mejor.

Ester se quedó boquiabierta. No estaba acostumbrada a que Didi le respondiera. Se dio la vuelta y se fue moviendo la coleta de lado a lado.

—¡Se va a enterar esa! —exclamó Didi.

—¡Así me gusta! —replicó Lucy, y chocaron esos cinco.

Capítulo 9

DE TODA LA VIDA

Didi se asomó a la ventana. Su madre estaba trabajando en el jardín. Sabía que su padre estaría en el laboratorio. Henry estaba en su cuarto, ensayando su actuación de mimo. «Nadie a la vista», pensó. «Es el momento ideal para hacer mi poción».

Didi puso un vaso alto sobre la encimera de la cocina. Sacó de la nevera una botella de zarzaparrilla y echó una taza en el vaso. Luego sacó el zumo de arándanos de un armario y añadió tres cucharadas. Echó el azúcar y revolvió la mezcla.

Didi llevó la poción a su cuarto y la dejó sobre la mesilla. «Ahora a ver qué me pongo», pensó.

Didi buscó en su armario y eligió un vestido morado con estrellitas y espirales.

Cuando terminó de vestirse, se puso los zapatos de claqué de su madre.

A continuación miró el reloj con forma de gato que movía los ojos y la cola. «El espectáculo empieza dentro de una hora», pensó. «Si el hechizo dura dos horas, ¡este es el momento ideal para pronunciar el conjuro!».

Didi cogió el *Libro de conjuros* y se puso su medallón de bruja. Con una mano sujetaba el medallón y con la otra, el zumo mágico. Acababa de empezar a recitar el conjuro cuando…

¡Toc! ¡Toc! ¡Toc!

¡Alguien llamaba a la puerta! Didi pegó un brinco y golpeó la mesilla.

El vaso de la poción se inclinó. Didi logró cogerlo con la mano libre, pero parte de la poción cayó sobre la mesilla.

—¿Quién es? —preguntó Didi.

A todo correr, tiró una chaqueta sobre el libro y el medallón.

—Soy yo, mamá. Salimos en quince minutos. ¿Ya estás lista?

—¡Casi! —dijo Didi.

Luego oyó que los pasos de su madre se alejaban hacia el salón. «¡Uf!», pensó. «Por poco».

Didi miró el líquido que se había derramado y después el que había en el vaso. Aún quedaba bastante. «Con esto bastará», pensó. Además, no le daba tiempo a bajar a escondidas a la cocina y preparar otra mezcla.

Didi recitó el conjuro y se tomó el zumo. «Puaj», pensó, poniendo cara de asco. «Sabe fatal». Didi se limpió la boca con la mano y se miró en el espejo para comprobar los efectos del conjuro.

Dio un golpecito con el pie en el suelo. Sus pies hicieron *clic-clac-clic-clac*. Como si llevara toda la vida bailando claqué. Tuvo que saltar a la alfombra para parar.

«Uau», pensó. «¡Esto es aún mejor de lo que había imaginado! Al final no es que vaya a hacer el ridículo. ¡Es que voy a triunfar!».

Didi volvió a meter los zapatos en la caja, se puso las zapatillas y bajó a la entrada a toda velocidad.

—¡YA ESTOY! —gritó.

Capítulo 10

¡EN MARCHA!

Didi se metió en el coche y se sentó al lado de Henry. Su hermano llevaba unos pantalones pesqueros negros, calcetines blancos y mocasines negros. Además se había puesto una camiseta de rayas blancas y negras, tirantes, guantes blancos y una chistera negra. Su madre le había pintado la cara de blanco y los labios de rojo.

—Pareces un auténtico mimo —dijo Didi.

Henry hizo un gesto afirmativo con los dedos. Ya estaba metido en el papel de mimo.

—¿Lista para bailar? —le preguntó a Didi su padre.

—No te he visto ensayar en toda la semana —comentó su madre—. ¿Seguro que estás preparada?

—Sí, está todo controlado —respondió Didi, y dio un besito a la caja de zapatos.

Papá dejó a Didi y Henry en la parte de atrás del auditorio. Todos los niños se habían juntado allí. Didi vio a Ester a lo lejos. Se había rizado el pelo y llevaba un traje rosa con cuatro capas de volantes.

Parecía una auténtica bailarina. Didi intentó no pensar en ella.

La señorita Ponk, la profesora de teatro, repartía el programa al público. ¡El primero en actuar sería Henry!

Poco después, la señorita Ponk anunció la primera actuación.

—Señoras y señores, ¡bienvenidos a este espectáculo! La primera actuación correrá a cargo de Henry Keidy, que hará un número de mimo.

COLEGIO BRESTER
Concurso de talentos

Mientras la gente aplaudía, Didi empujó a su hermano al escenario.

Henry salió andando hacia atrás, deslizando los pies. Parecía flotar por el escenario. Luego hizo el número de la flor. Cuando le ofreció las flores ima-

ginarias a la señorita Ponk, el público
rio a carcajadas.

Después Henry se despidió con una
reverencia y salió a todo correr del escenario.

—¡Lo has hecho genial! —dijo Didi.

—Gracias —repuso Henry—. Aunque estaba un poco nervioso…

—¡No se te ha notado nada!

El siguiente en actuar fue Charli Chen, que tocó el bajo. Después, Natalie, que contó chistes. Luego la señorita Ponk corrió el telón para que Lucy y Bruno pudieran preparar su número.

Lucy se sentó en un taburete delante del telón y escondió los brazos detrás de la espalda. Bruno se quedó de pie, detrás de ella, y sacó sus brazos como si fueran de Lucy.

Como Bruno estaba detrás del telón, nadie le veía. Cuando estuvieron listos, Lucy empezó a contar una historia mientras Bruno movía los brazos a lo loco. La gente no paraba de reírse viendo cómo las manos «de Lucy» le daban una torta en la cara o le rascaban la cabeza.

Y entonces le llegó el turno a Didi. Respiró hondo y salió al escenario. Empezó deslizando los pies. Luego hizo *clic*, hizo *clac*, y *flip* y *flap*, y hasta como un molinillo que hizo que la gente aplaudiera a rabiar.

Pero de repente sus pies dejaron de bailar. Didi dio un golpecito en el suelo y no pasó nada. Dio otro golpe y nada.

«¡Oh, no!», pensó. «¡Se ha debido de pasar el efecto del hechizo!».

Didi miró al público y vio que la gente empezaba a murmurar. Intentó imitar los movimientos que había hecho cuando el conjuro aún funcionaba, pero le salieron muy mal.

Entonces divisó a sus padres entre los asistentes. Sabían que había hecho magia. Didi estaba a punto de llorar. «Me la voy a cargar», pensó.

Pero Didi se equivocaba. Sus padres empezaron a aplaudir como locos, y su tía Trudi también.

Didi sonrió y salió rápidamente del escenario.

—¡Has estado genial! —exclamó Lucy.

—¿Cómo lo has hecho? —le preguntó Bruno.

—No me ha salido exactamente como lo había planeado —dijo Didi—, pero me alegro de que os haya gustado.

—¡Ha sido impresionante! —exclamó entonces el director, que estaba tras el escenario—. ¡Era como si tus pies estuvieran embrujados!

Por un momento Didi se quedó sin habla. ¿Lo sabría el director? Pero ¿cómo iba a saberlo? No, era imposible. Le dio las gracias y volvió con sus amigos.

En ese momento Ester saltó al escenario e hizo una coreografía perfecta. «Asquerosamente perfecta», pensó Didi.

—A ti te ha salido MUCHO mejor —le dijo Henry.

Didi se giró.

—Gracias, hermanito. Pero ¿sabes una cosa? TÚ sí que te has metido al público en el bolsillo.

—¿De verdad?

—En serio —contestó Didi.

Después de la última actuación, Didi y Henry salieron corriendo hacia el público en busca de sus padres y de la tía Trudi.

La madre de Didi parecía muy seria. Después de todo, quizá sus padres sí que estaban un poquito enfadados…

—Siento haber hecho magia —se disculpó Didi.

—Eso es trampa —dijo su madre.

—Ya. Yo solo quería tener algún talento —replicó Didi.

—¿Te ha gustado el claqué? —le preguntó la tía Trudi.

—Me ha encantado. Me ha hecho desear que se me dé bien algo.

—Pero si YA se te da bien algo —dijo Henry—. ¡METERTE EN LÍOS!

Todos se echaron a reír, incluso Didi.

—Preferiría no recordar que eso se me da muy bien —dijo Didi.

—¡Bravo! —exclamó su padre—. Bueno, ¿quién quiere comer *pizza* y probar mi nueva botellita de caramelo?

—¡Yo! —gritaron a la vez Henry y Didi. Y fueron hacia el coche andando hacia atrás y deslizando los pies.

TÍTULOS PUBLICADOS

n.º 1

n.º 2

n.º 3

n.º 4

n.º 5

n.º 6

n.º 7